हिन्द पॉकेट बुक्स

हमारा राष्ट्रीय पुष्प कमल

कीचड़ में खिलकर भी कमल की पवित्रता कभी नष्ट नहीं होती। यह शुभ का प्रतीक माना गया है। अपनी महक से सभी का मन मोह लेता है। इसके राजसी ठाठ हैं। देवता तक कमल को आसन के रूप में स्वीकार करते हैं। धर्म और संस्कृति में इसका बड़ा महत्व है। पूजा गें भी प्रयोग होता है। इसीलिए यह राष्ट्रीय पुष्प बना।

बच्चों और किशोरों के लिए भी बेहद प्यारा है कमल। इसीलिए तो चित्रों सहित यह अनूठी पुस्तक उनके लिए बनाई गई है। इसमें कमल की सभी जानकारियां दी गई हैं।

आइए इन्हें पढ़ें, याद करें और अंत में दी गई प्रश्नोत्तरी को हलकर अपनी परीक्षा आप लें।

लेखक की अन्य पुस्तकें

- हमारे राष्ट्रीय खेल
- हमारा राष्ट्रीय पक्षी मोर
- हमारा राष्ट्रीय गीत
- हमारी राष्ट्रीय संस्कृति वैदिक
- हमारा राष्ट्रीय फल आम
- हमारा राष्ट्रीय चिह्न अशोक चक्र
- हमारा राष्ट्रीय वृक्ष बरगद
- हमारी राष्ट्रीय जलचर डॉल्फिन
- हमारी राष्ट्रीय नदी गंगा
- हमारा राष्ट्रीय ग्रंथ गीता
- हमारे राष्ट्रीय पर्व और दिवस
- हमारे राष्ट्रीय स्मारक
- हमारा राष्ट्रीय ध्वज तिरंगा
- हमारे राष्ट्रीय विरासत स्थल
- हमारी राजभाषा हिन्दी
- हमारे नेशनल पार्क
- लोकप्रिय बाल गीत
- हमारे देशभक्ति गीत
- हमारे राष्ट्रीय गीत
- शहीदों के अमर गीत
- महाभारत की कहानियाँ
- पुराणों की कहानियाँ
- रामायण की कहानियाँ
- बेताल पचीसी, दो भागों में
- महापुरुषों का बचपन
- महाराणा प्रताप
- बहादुर बेटी मलाला

सुरुचिपूर्ण एवं उपयोगी जानकारियां

हमारा राष्ट्रीय पुष्प कमल

तेजपाल सिंह धामा

हिन्द पॉकेट बुक्स
पेंगुइन रैंडम हाउस इम्प्रिंट

हिन्द पॉकेट बुक्स

यूएसए | कनाडा | यूके | आयरलैंड | ऑस्ट्रेलिया | सिंगापुर
न्यू ज़ीलैंड | भारत | दक्षिण अफ्रीका | चीन

हिन्द पॉकेट बुक्स, पेंगुइन रैंडम हाउस ग्रुप ऑफ़ कम्पनीज़ का हिस्सा है,
जिसका पता global.penguinrandomhouse.com पर मिलेगा

पेंगुइन रैंडम हाउस इंडिया प्रा. लि.,
चौथी मंजिल, कैपिटल टावर -1, एम जी रोड,
गुड़गांव 122 002, हरियाणा, भारत

पेंगुइन
रैंडम हाउस
इंडिया

प्रथम हिन्दी संस्करण हिन्द पॉकेट बुक्स द्वारा 2014 में प्रकाशित
यह हिन्दी संस्करण हिन्द पॉकेट बुक्स में पेंगुइन रैंडम हाउस द्वारा 2022 में प्रकाशित

10 9 8 7 6 5 4 3 2

इस पुस्तक में व्यक्त विचार लेखक के अपने हैं, जिनका यथासंभव तथ्यात्मक सत्यापन किया गया है, और इस संबंध में प्रकाशक एवं सहयोगी प्रकाशक किसी भी रूप में उत्तरदायी नहीं हैं।

ISBN 9789353491109

मुद्रकः रेप्रो इंडिया लिमिटेड

www.penguin.co.in

FSC www.fsc.org
MIX
Paper from responsible sources
FSC® C047271

This is a legitimate digitally printed version of the book and therefore might not have certain extra finishing on the cover.

क्रम

हमारा राष्ट्रीय पुष्प : कमल

कमल एक पवित्र पुष्प है। प्राचीन भारतीय काल और पुराणों में इसका महत्त्वपूर्ण स्थान है। प्राचीनकाल से ही इसे भारतीय संस्कृति में शुभ प्रतीक माना जाता है। ऋषियों ने कमल को बड़ा ही पावन माना है, क्योंकि यह भले ही कीचड़ में खिलता हो, लेकिन इसके गुणों पर कोई प्रभाव नहीं पड़ता और अपनी महक से सबको प्रभावित करता है। इसी विशेषता के कारण जब संविधान का निर्माण हो रहा था, तो राष्ट्रीय पुष्प के चुनाव पर भी एक लंबी बहस चली थी।

कैसे बना राष्ट्रीय पुष्प कमल?

संविधान सभा की एक मीटिंग में पंडित नेहरू ने कहा, "हमारा राष्ट्रीय पुष्प तो गुलाब होना चाहिए।"

नेहरू

"क्यों?" डॉ. राजेन्द्र प्रसाद ने नेहरू जी को तत्काल ही टोका था, "क्यों होना चाहिए गुलाब राष्ट्रीय पुष्प? ऐसी क्या खासियत है इसमें!"

"एक तो यही कि..." नेहरू जी कह ही रहे थे कि उनसे पहले हरियाणा के एक विद्वान रणबीर हुड्डा ने व्यंग्यात्मक हस्तक्षेप किया था।

रणबीर हुड्डा

"नेहरू जी अपने कोट में लगाते हैं।" रणबीर हुड्डा ने कहा, "किसी की व्यक्तिगत पसंद के कारण राष्ट्रीय पुष्प का चुनाव नहीं किया जा सकता।" दरअसल संविधान निर्माण के समय हंसी-मज़ाक़ चलता ही रहता था।

"तो फिर कैसे किया जाएगा? क्या कोई विशेष तरीका आपने खोज कर रख रखा है।" नेहरू जी ने रणबीर हुड्डा से पूछ ही लिया था।

"अपने धर्म और संस्कृति में जिस पुष्प का सबसे अधिक महत्व हो वही राष्ट्रीय पुष्प बन सकता है। यही तरीका खोज कर रखा हुआ है हमने तो श्रीमान जी।" रणबीर हुड्डा ने जवाब दिया।

"आप धर्म की बातें कब से करने लगे।" चाचा नेहरू ने उन्हें टोका था, "आप तो आर्य समाजी हैं? और आर्य समाजी भी किसी पुष्प से पूजा करते हैं हमें नहीं पता। क्या तुम बता सकते हो किस देव की पूजा करते हैं आर्य समाजी।?"

"क्यों क्या आर्य समाजी धार्मिक नहीं होते। क्या वे पूजा नहीं करते। क्या वे हवन-यज्ञ नहीं करते?"

"अरे भई आप तो हास्य विनोद में भी बुरा मान गए। नहीं ऐसी बात नहीं, लेकिन आर्य समाजी धर्म-कर्म की बातें तो नहीं मानते, ऐसी बातें जिनमें किसी पुष्प की पूजा या पुष्प द्वारा पूजा करना सबसे अच्छा माना जाता हो।"

"ओह! यह आपने कहां से सुन लिया।"

"इसमें सुनने की क्या जरूरत है, सारी दुनिया तो जानती ही है कि आर्य समाजी भगवान को नहीं मानते।"

"यह आपको किसने कह दिया, क्या स्वामी दयानंद का अमर ग्रंथ सत्यार्थ प्रकाश पढ़ा है?"

"पढ़ा तो है, लेकिन लोगों ने तो नहीं पढ़ा, जो आर्य समाज पर भगवान की पूजा न करने की आलोचना करते रहते हैं।" नेहरू जी ने कहा।

"और आप भी मुझ पर अधार्मिक होने का लांछन लगा रहे हैं।" रणबीर हुड्डा कहते हुए हंस पड़े थे।

"नहीं भई हम लांछन नहीं लगा रहे, हम तो पूछ रहे हैं। फिर आप ही बता दीजिए कि राष्ट्रीय पुष्प क्या हो सकता है, जिसे सारा देश एकमत होकर स्वीकार करे और उसे स्वीकारने में हमें भी गौरव का अनुभव हो।" चाचा नेहरू ने अपनी स्पष्ट बात रखी थी।

राजेंद्र प्रसाद

"भारत का राष्ट्रीय पुष्प कमल अर्थात् नेलंबो न्यूसिपेरा गार्टन ही हो सकता है।" डॉ. राजेंद्र प्रसाद ने कहा।

"भई आप ठहरे हिन्दू महासभा के सदस्य। आपसे हमें यही आशा थी कि कमल का ही समर्थन करेंगे।" जवाहर लाल नेहरू ने कहा।

"क्या आप हिन्दू नहीं हैं और फिर किसी फूल का भी कोई धर्म होता है क्या! क्या गुलाब मुस्लिमों का ही पुष्प है और कमल हिन्दुओं का ही। सच तो यह है कि कमल सब फूलों में सबसे ज्यादा श्रेष्ठ है।"

"क्यों है सबसे ज्यादा श्रेष्ठ?" किसी सदस्य ने पूछ लिया था।

"क्योंकि कमल कीचड़ में खिलकर भी अपनी पवित्रता पर आंच नहीं आने देता। वरना काजल की कोठरी में भला कौन काला नहीं हो जाता, इसलिए कमल ही ऐसा पुष्प है, जो हमारा राष्ट्रीय पुष्प बन सकता है।"

"हम सहमत हैं! महात्मा बुद्ध भी कमलपुष्प को बहुत पसंद करते थे, क्योंकि यह पुष्प शांति और सद्भाव का प्रतीक है।" संविधान सभा की प्रारूप समिति के अध्यक्ष डॉ. भीमराव अंबेडकर ने भी अपना विचार व्यक्त कर दिया था।

डॉ. भीमराव अंबेडकर

एक जलीय वनस्पति कमल

कमल वनस्पति जगत का एक जलीय पौधा है, जिसमें बड़े और खूबसूरत फूल खिलते हैं। कमल का पौधा धीमे बहने वाले या रुके हुए पानी में उगता है। यह दलदली पौधा है, जिसकी जड़ें कम ऑक्सीजन वाली मिट्टी में ही उग सकती हैं। इसमें और जलीय कुमुदिनियों में विशेष अंतर यह कि इसकी पत्तियों पर पानी की एक बूंद भी नहीं रुकती, और इसकी बड़ी पत्तियां पानी की सतह से ऊपर उठी रहती हैं। एशियाई कमल का रंग सदैव गुलाबी होता है। नीले, पीले, सफेद और लाल कमल जल-पद्म होते हैं, जिन्हें कमलिनी कहा जाता है। बड़े आकर्षक फूलों में संतुलित रूप में अनेक पंखुड़ियां होती हैं। जड़ के कार्य रिजोम्स द्वारा किए जाते हैं, जो पानी के नीचे कीचड़ में समानांतर फैली होती हैं। कमल के फूल अपनी सुंदरता के लिए जाने

जाते हैं। कमल से भरे हुए तालाब को देखना बड़ा अच्छा लगता है क्योंकि ये तालाब की ऊपरी सतह पर खिलते हैं।

कुमुद वाटर लिलि

कमल के समान ही दूसरी प्रजाति का पुष्प है कुमुद। इसके पत्ते भी आकार में 15 से 30 सेमी तक हो सकते हैं। इसके पुष्प नीले, गुलाबी और सफेद होते हैं। नीले रंग के पुष्प मन मोह लेते हैं।

रात में खिलना इसका लोगों को आश्चर्य में डाल देता है। यही इसकी खास विशेषता होती है। भारत के वनस्पति वैज्ञानिक सदियों से ही जानते हैं कि कुमुद की कुछ प्रजातियां रात में खिलती हैं, इसलिए इनके रात में खिलने का वर्णन महाभारत में भी पाया जाता

है। महाभारत हिन्दुओं का महान धार्मिक ग्रंथ है, जिसमें कौरव और पाण्डवों के बीच हुई धर्म और अधर्म की लड़ाई का बड़ा ही सजीव वर्णन है। इस ग्रंथ की रचना महर्षि व्यास ने कमल सरोवर पर बैठकर ही की थी। उन्होंने तो बस गायन किया था, महाभारत को लिखा तो गणेश महाराज ने था। गणेश जी के एक हाथ में भी हमेशा कमल पुष्प रहता ही था, क्योंकि कमल इन्हें भी बहुत प्रिय पुष्प था।

कमल की कई प्रजातियां होती हैं, इनमें एक प्रजाति विशेष के काले रंग के फूल सुबह तक आपका स्वागत करते हैं। सुबह के समय ये पुष्प बड़े ही मनमोहक होते हैं और इन्हें देखते ही ऐसा लगता है कि सरोवर से संगीत का स्वर सा फूट रहा है। यही तो कमल की विशेषता होती है कि ये अपनी ओर आकर्षित करते हैं।

तो बच्चों! कमल की केवल एक यही विशेषता नहीं है। और भी विशेषता है और वह है नीले रंग वाले कमल की। चलो हम आपको नीले

रंग के कमल की विशेषता से भी अवगत करा देते हैं। नीला रंग दिन में खिलकर शाम तक बगीचे की शोभा बढ़ाता है। शाम के समय का शांत वातावरण बड़ा ही मनमोहक हो जाता है और इतनी शांति मिलती है कि उस असीम सत्ता से शाश्वत प्रेम हो उठता है। जो व्यक्ति पुष्पों से प्रेम करते हैं उन्होंने शाश्वत प्रेम को निश्चय ही अनुभूत किया है, लेकिन

बच्चो! क्या आपने भी नीले या किसी अन्य रंग के कमल के पुष्प को निहारा है? कभी उसे देखकर विचार किया है कि इतना सुंदर पुष्प प्रकृति ने क्यों बनाया? अरे भई इसलिए बनाया ताकि यह प्रकृति खूबसूरत बन सके। यही तो भगवान का चमत्कार है कि उसने कमल को कीचड़ में खिलाकर पवित्र होने की प्रेरणा दी है। नीला कमल देश के विभिन्न भागों में देखा जा सकता है। आप किसी राष्ट्रीय उद्यान में भी इसके दर्शन कर सकते हैं। बच्चो! आपको फूलों का अध्ययन अवश्य ही करना चाहिए।

वाटर लिलि की प्रजातियां जैसे निम्पफिया, नौचाली, निम्मफिया स्टेलालाटा जयपुर की अच्छी नर्सरियों में उपलब्ध हैं। नर्सरियों में आप फूलों का पूरा अध्ययन कर सकते हैं या फिर किसी राष्ट्रीय उद्यान में इसका अध्ययन किया जा सकता है और पुष्प विशेषज्ञों से कमल के बारे में विशेष जानकारी ली जा सकती है।

सचल कमल आसन

लक्ष्मी का वास कहे जाने वाले इस पुष्प का पूजा अर्चना में विशेष महत्त्व है। इसके संबंध में पुराणों में एक कहानी आती है। कहते हैं कि एक बार लक्ष्मी जी अपने वाहन पर सवार होकर किसी समुद्र को पार करना चाहती थीं। उस समय एक ओर जहां राजहंस था, तो दूसरी

ओर मयूर भी इस बात के लिए उत्सुक था कि लक्ष्मी जी सवारी उनकी पीठ पर ही बैठकर करेंगी। दोनों ही लक्ष्मी जी को सवारी कराने के लिए तैयार हो गए। लक्ष्मी ने जब देखा कि दोनों ही तैयार हैं तो वह सोच में पड़ गई कि यह अवसर किसे दिया जाए, लेकिन उनकी समझ में कुछ नहीं आ रहा था। वहीं उल्लू भी बैठा था, तो उसने कहा, "माताश्री आपका असली वाहन तो मैं ही हूं, लेकिन विवश हूं, क्योंकि दिन के समय मैं आपको नहीं ले जा सकता और ले भी गया तो लोग भला आपको आगे बढ़ने देंगे।"

इस पर राजहंस ने कहा, "हम भी तो वैकल्पिक वाहन हैं, आप माताश्री को रात में सवारी कराते हैं, तो हम दिन में कराते हैं इसलिए यह अवसर तो हमें ही मिलेगा।"

"कैसे मिलेगा अवसर?" बीच में पक्षियों का राजा मोर बोल उठा था, "हम ही गणेश जी और कार्तिकेय को सवारी कराते हैं और माताश्री कार्तिकेय के पास जा रही हैं, तो हम ही ले चलेंगे, क्योंकि हम कार्तिकेय के भी वाहन हैं और यदि माताश्री किसी और वाहन से उनके पास गईं, तो कार्तिकेय भगवान नाराज हो सकते हैं। इस पर क्या माताश्री लक्ष्मी नाराज होने का अवसर प्रदान करेंगी। जानते हो माताश्री कलह से बहुत दूर रहती हैं।"

"हां माताश्री कलह से बहुत दूर रहती हैं।" लक्ष्मी माता बोल उठी थी, "इसलिए हम न तो उल्लू की सवारी पर जाएंगे और न ही मोर या राजहंस की।"

"तो फिर कैसे जाएंगी आप! क्या बिना वाहन ही चली जाएंगी?" तीन पक्षी एक साथ बोल उठे थे।

"नहीं हम पैदल नहीं जाएंगे, आज हम पुष्पराज कमल पर सवार होकर समुद्र मार्ग से जाएंगे और समुद्र में पुष्पराज से अधिक सुरक्षित यात्रा करना और किसी वाहन से संभव नहीं है।" माता लक्ष्मी कह उठी थीं। इस प्रकार लक्ष्मी जी कमल पर सवार होकर समुद्र यात्रा को चली थीं। कहते हैं कि लक्ष्मी जी की कमल पर यात्रा को देखकर ही लोगों के मन में नाव बनाने का विचार आया और उससे पहले नाव या जलयान नहीं होते थे। वरन् लोगों में तो समुद्री यात्रा का

भी निषेध था। समुद्री यात्रा करना तो बड़ा भारी पाप समझा जाता था, लेकिन माता लक्ष्मी की समुद्री यात्रा और वह भी कमल पुष्प से यह अंधविश्वास तोड़ा और लोगों को नाव का निर्माण करने के लिए प्रेरित किया। आज वैज्ञानिक युग है, इसलिए हो सकता है कि लोग देवी-देवताओं की कहानियों पर भी विश्वास न करते हों, लेकिन जो लोग ऐसा सोचते हैं उनके लिए हमारा कहना है कि हो सकता कि माता लक्ष्मी की नाव या वाहन कमल के आकार की धातु या लकड़ी का हो, जो समुद्र पर तैरता हो और उसी से माता ने यात्रा की हो। एक और माताश्री या यूं कहें कि हिन्दुओं की देवी सरस्वती कमल पर आसन लगाया करती थीं और मनमोहिनी वीणा बजाया करती थीं। वीणा वादिनी ज्ञान की देवी कही जाती हैं और उनकी पूजा कमल से करने पर कहते हैं कि ज्ञान की प्राप्ति होती है और ज्ञान को सब धनों में सर्वश्रेष्ठ धन माना जाता है।

जलीय पौधों में पहला नाम कमल का आता है। कमल को प्रकाश का भी प्रतीक माना जाता है। इसीलिए इसे राष्ट्रीय फूल का दर्जा प्राप्त है। सुंदर पंखुडियों को कमल नेत्र कहा जाता है।

विद्वानों और ज्योतिषियों का मानना है कि इसी विशेषता वाले फूल को हमारे घर आंगन में स्थान मिलना ही चाहिए। ऐसा करने से सुख-समृद्धि घर में आती है।

अनेक रंगों वाला कमल सूर्य के प्रकाश में खिलता है। यह पुष्प भी बड़ा ही मनमोहक होता है। बसंत, गर्मी, वर्षा ऋतु व सर्दी के आगमन तक इसमें फूल आते हैं। ये फूल बड़े ही आकर्षक होने के कारण लोगों को अपनी ओर मोहित कर लेते हैं।

राजसी पौधा

कमल राजसी पौधों में से एक है। कमल को छोटे कंटेनर में लगाना चाहिए। बहुत आसानी से आप उन के विकास की बुनियादी बातें समझकर देखभाल कर सकते हैं। कमल मुख्य तालाब, एक अलग छोटे तालाब, सजावटी बर्तन या अपनी सुविधा अनुसार लगा सकते हैं।

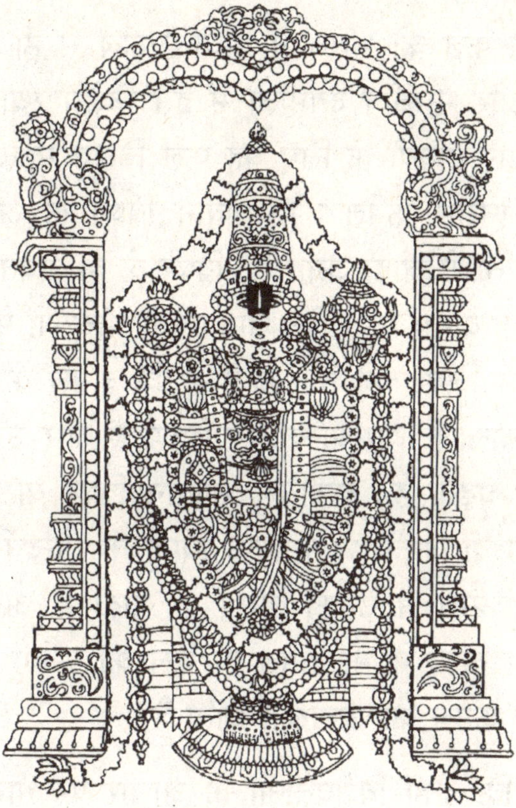

विष्णु का अति प्रिय कमल

कमल भगवान विष्णु का अति प्रिय पुष्प है। जिन पर भगवान विष्णु की कृपा होती है ऐसे भाग्यशाली व्यक्ति की हथेली में कमल पुष्प का निशान होता है। सामुद्रिक विज्ञान में इसे विष्णु योग कहा गया है। ब्रह्मसंहिता में भगवान श्रीकृष्ण की हथेली एवं पैरों में कमल पुष्प के निशान का उल्लेख मिलता है। जिनकी हथेली में कमल पुष्प का निशान होता है, वह उच्च पद प्राप्त करते हैं। समाज में इन्हें मान सम्मान मिलता है। कभी भी इन्हें आर्थिक परेशानियों का सामना नहीं करना पड़ता है।

'कमल' के फूल को भारत में प्राचीन काल से ही पवित्र माना जाता रहा है और भारतीय देवमाला में इसे विशेष स्थान प्राप्त है। हिन्दू धर्म के अनुयायियों के लिए यह फूल विशेष महत्व रखता है। इस धर्म के अनुसार कमल को भगवान विष्णु के अलावा ब्रह्मा, लक्ष्मी और पार्वती से जोड़ा जाता है। विष्णु के ही अवतार बाला जी विश्वनाथ को भी कमल बहुत प्रिय था। उनके श्रीचरणों में कमल पुष्प आज भी अर्पित किए जाते हैं। कहते हैं कि कमल के पुष्प अर्पण के कारण ही बालाजी धन-धान्य से परिपूर्ण हैं और उन पर सबसे अधिक चढ़ावा चढ़ता है। दरअसल भगवान विष्णु या बालाजी को कमल की संज्ञा दी जाती है। भगवान विष्णु के सौन्दर्य का उल्लेख करने के लिए कमल से उनको उपमा दी जाती है, अनेक धार्मिक रीतियों को पूरा करने में भी कमल के फूल का प्रयोग किया जाता है। वेदों में भी कमल का उल्लेख मिलता है।

सम्भव है कि इन्हीं विशेषताओं के आधार पर भारतीय जनता पार्टी ने इसे अपना चुनाव चिन्ह चुना है। हालांकि राष्ट्रीय पुष्प होने के कारण कुछ लोगों ने चुनाव आयोग से अपील की थी कि कमल को किसी पार्टी विशेष का चुनाव चिन्ह नहीं होना चाहिए, लेकिन चुनाव आयोग ने इस अपील को खारिज कर दिया। भारतीय जनता पार्टी अपने को हिन्दू संस्कृति का संदेशवाहक मानती है और भारतीय सभ्यता और संस्कृति की रक्षा के लिए प्रतिबद्ध है। लेकिन सच्चाई तो यही है कि भारत की सभी पार्टियां राष्ट्रीय पुष्प का सम्मान करती हैं और देश की रक्षा सबके लिए प्रथम कर्तव्य है।

कमल का फूल कीचड़ में खिलता है और उसके फूल काफी सुन्दर और मनमोहक होते हैं। कमल के पौधे धीमे बहाव वाले पानी या एक जगह स्थिर पानी में खिलते हुए लोगों को बरबस ही अपनी ओर आकर्षित कर लेते हैं। हिन्दू, बौद्ध एवं जैन धर्म में कमल का धार्मिक एवं सांस्कृतिक महत्व है। विष्णु पुराण के अनुसार इन्द्र ने लक्ष्मी वंदना करते समय कहा है कि कमल के आसन वाली, कमल जैसे हाथों वाली, कमल के पत्तों जैसे आंखों वाली, हे पद्म (कमल) मुखी, पद्मनाभ (भगवान विष्णु) की प्रिय देवी मैं आपकी वंदना करता हूं। भारत में एक पुराण का नाम भी है पद्म पुराण, जिसमें पद्म का अर्थ होता है कमल का फूल। महर्षि वेदव्यास के द्वारा रचित 18 पुराणों में इसका स्थान 2 पर आता है।

भगवान दत्तात्रेय को कमल अति प्रिय है। उनकी पूजा कमल पुष्प के बिना पूरी ही नहीं मानी जाती। इसलिए पूजा पात्र में कमल अवश्य ही होना चाहिए। भगवान दत्तात्रेय तो प्राणीमात्र से प्रेम करने

वाले हैं। यहां तक की कुत्तों से भी उन्हें असीम प्रेम है और वे अपने से पहले पशु-पक्षियों की भूख मिटाने को ही सच्ची पूजा मानते थे।

हिन्दू धर्म के अधिकांश देवी देवताओं के हाथों में कमल के फूल देखे गये हैं, जिनमें प्रमुख हैं जगत पिता ब्रह्मा और धन की देवी लक्ष्मी। भगवान द्वारकाधीश को भी कमल बहुत पंसद है। उनकी मूर्तियों के हाथों में भी कमलपुष्प देखा जा सकता है। इसके अलावा कई प्राचीन मंदिरों में भी कमल के फूल दीवारों पर बने मिलते हैं। उदयपुर में पद्मावती माता का जल कमल मंदिर कमल के आकार में ही बनाया गया है। ख़ैर इतिहास कुछ भी हो, लेकिन यह तो है ही कि धार्मिक व ऐतिहासिक स्थलों पर कमल पुष्प के चिन्ह पाए ही जाते हैं। कमल पुष्प को किसी धर्म से नहीं जोड़ा जा सकता, क्योंकि पावन और पवित्र वस्तु पर तो हरेक का अधिकार होता है। इसलिए कमल की सुंदरता पर भला कौन मोहित न होता होगा। हां, यह अलग बात है कि आर्य संस्कृति में कमल पुष्प का विशेष महत्व है, क्योंकि ब्रह्मा का आसन ही कमल है, तो फिर इस पुष्प के प्रति आस्था क्यों नहीं होगी। भगवान ब्रह्मा

का भारत के पुष्कर, राजस्थान में एक ही मंदिर है और वहां के सरोवर में भी बहुत से कमलपुष्प देखे जा सकते हैं।

अध्यात्म में कमल का महत्व

धर्म एवं अध्यात्म में कमल का विशेष महत्व है। किसी कमल सरोवर के तट पर बैठकर ध्यान लगाने से समाधि शीघ्र ही सिद्ध हो जाती है, ऐसा योगशास्त्र का वचन है। बच्चो! हमें उस परमपिता परमात्मा का धन्यवाद नित्य ही अदा करना चाहिए, जिसने हमें जन्म दिया है, इसलिए इसके लिए हमें अपने-अपने विश्वास के अनुसार ध्यान-साधना और आराधना करनी चाहिए। कमल सरोवर के तट पर ऐसी साधना जल्द ही फलीभूत होती मानी जाती है। कमल के पुष्प को ध्यान से भी निहारना अच्छा माना जाता है। कमल के पवित्र फूल को ध्यान से निहारेंगे तो महात्मा बुद्ध ने कहा है कि स्वाभाविक रूप से बौद्धिक एवं आध्यात्मिक की तरफ प्रगति करते हुए हमारी आत्मा एक सुंदर कमल की तरह चमक के साथ खुल जाती है।

हमारे प्राचीन संतों और साधकों ने कमल की बात की है, कैसे

उसका बीज तालाब के अंधेरे कीचड़ में शुरू होता है। इसकी जड़ें एक तने को उठने देती हैं, जो पानी से होते हुए हवा में पहुंचता है, तने से एक कली विकसित होती है, शुरूआत में छोटी, जो एक फूल में बढ़ती है, जो कि धीरे-धीरे अपनी सुन्दर पंखुड़ियों को सूर्य की ओर खोलती है, उसका केंद्रीय अमृत एवं पराग मक्खियों को आकर्षित करता है। ऋषिगण इस प्रक्रिया की तुलना मनुष्य की प्रकृति एवं आध्यात्मिक शक्ति से करते हैं। कीचड़ हमारा सहज मन है। हम सभी एक या दूसरे जीवनकाल में कीचड़ से शुरूआत करते हैं। अपने शुरूआती विकास के दौर में हम कम ज्ञान वाले एवं निर्दयी होते हैं। हम दूसरों को घायल करते हैं और अपने विषय में अधिक व दूसरों के विषय में कम सोचते हैं। लेकिन जब हमें ज्ञान हो जाता है, तो कमल में कीचड़ की तरह ही पावन पवित्र होकर खिल उठते हैं।

हिंदू धर्म हमें धार्मिक अभ्यास देता है, जिन्हें चार श्रेणियों में बांटा जा सकता है। पहला है बस अच्छा आचरण, चरित्र निर्माण। यह गहरे अभ्यासों के लिए नींव है। दूसरा है निष्काम सेवा, अथात् निष्काम कर्मयोग, जिसमें निजी स्वार्थ के लिए कोई अवकाश नहीं होता।

ये दो श्रेणियां ही अपने कर्म के अनुसार निभाई जाएं, तो जीवन का उद्धार संभव है। इसलिए संन्यासी लोग कहते हैं कि जब कमल का फूल पर्याप्त खुला होता है, हम सजीवता के साथ अपने आध्यात्मिक एवं अंतर्दृष्टि वाली प्रकृति में जीना शुरू कर देते हैं।

साईं बाबा को भी कमल पुष्प बहुत पसंद था और उनकी चादर पर कमल पुष्प बने हुए होते थे। कहते हैं कि साधना के समय साईं बाबा कमल पुष्प को निहारा करते थे, जिसके कारण ही साईं बाबा

की साधना सफल हुई थी। साईं बाबा की समाधि पर आज भी कमल पुष्प अर्पण किए जाते हैं। हालांकि संतों की समाधि पर गुलाब के पुष्प अर्पित किए जाते हैं, लेकिन यहां गुलाब के साथ-साथ कमल पुष्प भी अर्पित किए जाते हैं। और हां कई शहीदों के अंतिम पथ में भी कमल पुष्प ही अर्पित किए गए थे, इसी कारण तो देश को आजादी का सूर्य मिला।

योग में भी कमल का बहुत महत्व है। महर्षि पतंजलि भी कमलासन पर योगासन किया करते थे और उनकी खोज के अनुसार योग में वर्णित मूलाधार इत्यादि शरीर के प्रमुख ऊर्जा केन्द्रों को भी कमल या पद्म कहा गया है, जिसमें पंखुड़ियों की संख्या अलग-अलग हैं। कुंडलिनी जागरण के लिए योगी जिन आठ चक्रों को भेदते हैं, उन्हें विभिन्न दलों के कमल कहते हैं, क्योंकि उन्हें भेद कर ही ब्रह्मा का ज्ञान व उनकी प्राप्ति का होना संभव है। हमारे देश में योग एवं साधना में एक नाम आता है भरत का। हां ये वही भरत हैं, जिन्हें भगवान राम के भाई के नाम से जाना जाता है। जब इनकी माताश्री ने इनके लिए राजपाट ले लिया था, तो इन्होंने भगवान श्रीराम को वह राजपाट वापस कर दिया था, लेकिन भगवान राम ने भी राजपाट नहीं लिया और पिता की आज्ञा के अनुसार वन में ही रहना स्वीकार किया था। तब भरत

ने भगवान श्रीराम के चरणों में कमल रखते हुए उनसे उनकी चरण पादुकाएं ले ली थीं, ताकि सिंहासन पर कमल पुष्प के साथ पादुकाएं रखी जा सकें और वे योग एवं साधना में लीन हो गए थे।

कमल पुष्प से पूजा–अर्चना

सभी देवी-देवताओं को पुष्प विशेष रूप से चढ़ाए जाते हैं। पुष्प अर्पित किए बिना कोई भी पूजा पूर्ण नहीं मानी जाती है। वैसे तो लगभग सभी प्रकार के पुष्प भगवान को चढ़ाए जाते हैं, परंतु पुष्पों में कमल का विशेष स्थान है। कमल का फूल सभी देवी-देवताओं को अतिप्रिय है। कमल की सुंदरता की महिमा इसी बात से सिद्ध होती है कि भगवान के नेत्रों की तुलना कमल के फूल से की जाती है।

कमल का फूल भगवान को विशेष प्रिय क्यों हैं? इसके कई

कारण हैं, जैसे कमल पवित्रता का प्रतीक है, इसकी सुंदरता और सुगंध सभी का मन मोहने वाली होती है। साथ ही कमल यह संदेश देता है कि हमें कैसे जीना चाहिए? कमल कीचड़ में उगता है और उससे ही पोषण लेता है, लेकिन हमेशा कीचड़ से अलग ही रहता है। कमल का फूल पूर्ण विकास दर्शाता है। सांसारिक और आध्यात्मिक जीवन किस प्रकार जिया जाए इसका सरल तरीका बताता है। संसाररूपी कीचड़ में रहते हुए भी हमें किस तरह रहना चाहिए यह शिक्षा हम कमल से ले सकते हैं।

कमल की आठ पंखुडियां मनुष्य के अलग-अलग 8 गुणों की प्रतीक हैं, ये गुण हैं दया, शांति, पवित्रता, मंगल, निस्पृहता, सरलता, ईर्ष्या का अभाव और उदारता। इसका आशय यही है कि मनुष्य जब इन गुणों को अपना लेता है तब वह भी ईश्वर को कमल के फूल के समान प्रिय हो जाता है। साथ ही कमल में औषधीय गुण भी विद्यमान हैं। इसके बीजों से मखाने बनाए जाते हैं, जो कि कई बीमारियों की रोकथाम हेतु उपयोग किए जाते हैं।

मुक्ति का प्रतीक है कमल

कमल पुष्प को जहां सुख-समृद्धि का प्रतीक माना जाता है, वहीं इसे मुक्ति का प्रतीक भी माना गया है। भारतीय संस्कृति, सभ्यता, अध्यात्म व दर्शन में कमल के पुष्प को अत्यंत पवित्र, पूजनीय तथा सुंदरता, सद्भावना, शांति, स्मृति की वृद्धि करने वाला व बुराइयों से मुक्ति का प्रतीक माना गया है।

मां देवी दुर्गा की कमल पुष्प से पूजा की जाती है। संभवतः यही वजह है कि इसे पुष्पराज भी कहा जाता है। इस फूल से माता दुर्गा की पूजा कर उन्हें खुश किया जा सकता है। यज्ञ व अनुष्ठानों में कमल पुष्प को निश्चित संख्या में अर्पित करने का शास्त्रों में विधान है। कमल फूल की उत्पत्ति कीचड़ और जल में होती है, लेकिन इसके बावजूद वह हमें पवित्र जीवन जीने की प्रेरण ा देता है। बेकार के त्तवों के परिमार्जन द्वारा श्रेष्ठता को प्राप्त किया जाता है। यही वजह है कि कमल का खिलना अत्यंत शुभ और मांगलिक माना जाता है।

मां देवी दुर्गा को कमल के लाल फूल पसंद हैं। मंदिरों के शिखर बंद कमल के आकार के बनाए जाते हैं। पृथ्वी की आकृति भी कमल के समान बताई गई है। शास्त्रों में कहा गया है कि देव-देवियों का वास वहीं होता है, जहां कमलपुष्प से उनकी पूजा-अर्चना की जाती है।

सुंदरता का प्रतीक कमल

कमल को सुंदरता का प्रतीक माना जाता है। कहा जाता है कि जहां कमल पनपता है, वहां से दरिद्रता अपने आप ही चली जाती है। इस संबंध में कमल पुष्प से संबंधित पुराणों में एक कहानी भी आई है।

कहा जाता है कि एक बार धन की देवी लक्ष्मी और गरीबी की देवी दरिद्रदेवी में झगड़ा हो गया। दोनों देवियां ही कमल पुष्प का आसन लगाती हैं, लेकिन लक्ष्मी जहां ताजे फूलों के आसन पर शोभा पाती हैं, वहीं दरिद्रदेवी कमल के शुष्क फूलों पर विराजती हैं।

लक्ष्मी जी का कहना था कि वह ज्यादा सुंदर हैं और लोग उन्हें ज्यादा चाहते हैं। हर कोई दीपावली को उनकी पूजा करता है और चाहता है कि मैं उनके घर में जाकर अतिथि बनूं।

"अतिथि बन" दरिद्रदेवी ने होंठ भींचते हुए कहा, "आप तो लोगों के बुलावे पर जाती हैं, लेकिन मैं तो बिना बुलाए ही चली जाती हूं, क्योंकि मैं हूं ही इतनी सुंदर। जुआरी हो, शराबी हर ऐसे इंसान के यहां में बेखटके नागिन की

तरह कुंडली मारकर बैठ जाती हूं।"

"लेकिन फिर भी मैं ही आपसे अधिक सुंदर हूं।" लक्ष्मी देवी हार मानने को तैयार ही नहीं थी। जब दोनों के बीच हो रही बहस का कोई हल नहीं निकल रहा था, तो दोनों देवियों ने फैसला किया कि धरती पर चलकर जो पहला आदमी नजर आये उसी से झगड़े का फैसला करवाया जाए। दोनों धरती पर आयीं। धरती पर उन्हें एक किसान दिखाई दिया। दोनों किसान के पास अपनी समस्या लेकर पहुंची और उससे कहा कि जब तक वह समस्या का हल नहीं निकालता, तब तक उसे कहीं नहीं जाने दिया जायेगा। बेचारा किसान बड़ी मुश्किल में फंस गया। किसान जानता था कि उसने अपना फैसला लक्ष्मी के पक्ष में सुनाया तो दरिद्र देवी नाराज होकर उसका पीछा नहीं छोड़ेगी और अगर उसने दरिद्रदेवी को ज्यादा सुंदर बताया तो लक्ष्मी जी उससे रूठ कर उसे छोड़ जायेंगी। किसान समझ गया कि दोनों देवियों में से किसी को भी नाराज नहीं किया जा सकता। उसने कुछ देर सोचकर दोनों को जवाब दिया, "देवियो! असल में तुम दोनों ही इतनी सुंदर

हो कि मैं किसी एक के पक्ष में फैसला नहीं दे सकता। दरिद्र देवी जब आप किसी के घर से शुष्क कमल पुष्प भेंट में लेकर विदा लेती हैं तो आपसे सुंदर इस दुनिया में और कोई होता ही नहीं।"

"और मैं!" लक्ष्मी देवी जैसे बेचैन हो उठी थी, उसे भी अपनी सुंदरता के बारे में निर्णय तो सुनना ही था।

"लक्ष्मी माता जब आप अपने हाथों में ताजे कमल के पुष्प धारण करके किसी के घर आती हो, तब आपसे ज्यादा सुंदर और कोई नहीं होता।"

"तो हमारी सुंदरता आखिर है किसके कारण!" दोनों ने किसान से एक साथ पूछ ही लिया था।

"आप दोनों की सुंदरता कमल पुष्प के कारण ही है।"

दोनों देवियां अपनी प्रशंसा सुन कर मुस्करा उठीं और खुशी-खुशी वापस चली गयीं। दोनों को जाते देख किसान भी खुशी-खुशी अपने घर चला गया।

कमल से आती है सुख-संपदा

कमल को सुख-संपदा का प्रतीक माना जाता है। यही कारण है कि कमल पुष्प आज हमारा राष्ट्रीय पुष्प है और प्राचीन काल में भी इसका यही महत्व था, तभी तो भारत को कभी सोने की चिड़िया कहा जाता था। और आज पुनः सुख-समृद्धि की ओर अग्रसर हो नए पंख लगाकर उड़ रहा है।

बच्चो! आपको कहानियां बहुत पसंद हैं ना! इसीलिए कमल से सुख-समृद्धि का क्या संबंध है इसके बारे में हम एक कहानी और सुनाना चाहेंगे।

एक समय की बात है, एक राजा था, विक्रम। उसे हर समय राज्य और लोगों की चिंता रहती थी। हर पल उसे अपनी प्रजा के सुख की भी चिंता रहती थी। एक दिन विक्रम ने शहर में घोषणा करवाई कि उसके राज्य में अगर किसी व्यापारी का सामान नहीं बिकेगा, तो राज्य उसका सामान खरीद लेगा, ताकि उसके राज्य में सभी के पास धन रहे। राजा के ऐसा करने से प्रजा जन अति प्रसन्न हुए, क्योंकि अब व्यापारियों का सामान बिकने लगा, लोगों की आमदनी अच्छी होने लगी, लोग खुशहाल होने लगे, चारों तरफ राजा विक्रम की प्रशंसा होने लगी। धीरे-धीरे ये बातें पड़ोस के राज्यों में फैल गयीं, अब वहां के व्यापारियों ने भी अपना सामान विक्रम के राज्य में लाकर बेचना शुरू कर दिया, इससे पड़ोस के राज्यों में खलबली मच गयी, क्योंकि वहां अब सामान की कमी होने लगी थी।

सब पड़ोस के राजाओं ने मिलकर एक सभा बुलवाई और इसे रोकने का उपाय सोचने लगे।

इतने में एक ज्योतिषी ने कहा कि वह एक ऐसा दरिद्र देवता बना सकता है कि वह दरिद्र देवता जहां भी रहेगा, वहां हमेशा धन का अभाव और दुःख रहेंगे।

फिर क्या था, ज्योतिषी को दरिद्र देवता तैयार करने को कहा। दरिद्र देवता की मूर्ति विक्रम के बाजार में भेजी गयी। इधर विक्रम के गुप्तचरों ने दरिद्र देवता वाली बात अपने राजा को आकर बता दी थी और राज्य के सारे विद्वानों ने कह दिया था कि वह दरिद्र देवता किसी भी कीमत पर नहीं खरीदें। पर विक्रम अपने वचन का पक्का था, "हम प्राण दे सकते हैं, पर वचन नहीं।"

"परंतु महाराज दरिद्र देव की मूर्ति खरीदने से राज्य में संकट के बादल घिर जाएंगे और दरिद्रता आ जाएगी।"

"यह सब अंधविश्वास की बातें हैं। सुख-समृद्धि कर्मों के कारण आती है।"

"महाराज यह आप क्या कह रहे हैं, क्या ज्योतिष और धर्म-कर्म में आपकी श्रद्धा नहीं रही।?"

"हमें धर्म-कर्म में रुचि है, लेकिन इसका यह मतलब नहीं कि हम अपनी संस्कृति से मुख मोड़ लें, इसलिए हमने जो कहा है उसका पालन अवश्य करेंगे।"

जब दरिद्र देवता की मूर्ति बाजार में नहीं बिकी, तब विक्रम ने

उसे खरीद लिया। पड़ोस के सारे राजा अपनी सफलता पर बहुत खुश हुए। जिस दिन विक्रम के महल में दरिद्र देवता आये, उसी रात विक्रम के पास कमल आसन पर विराजमान हो लक्ष्मी जी आयीं और उन्होंने विक्रम को बहुत समझाया, "हे राजन्, जहां दरिद्र देवता रहते हैं, वहां मैं रह ही नहीं सकती, इसलिए अगर आप मुझे अपने पास रखना चाहते हैं, तो आपको दरिद्र देवता को निकालना पड़ेगा।"

"देवी! हम सत्य को नहीं छोड़ सकते। हम अपने कहे वचन पर अडिग रहेंगे और दरिद्र देवता को नहीं निकालेंगे।"

"राजन्! यदि आप ऐसा नहीं करेंगे तो हमें हारकर आपके राज्य से चले जाना होगा।" हार कर लक्ष्मी जी विक्रम को छोड़कर चली गयीं। लक्ष्मी जी के छोड़कर चले जाने के बाद विक्रम के पास बल आये।

"क्या आप भी हमें छोड़कर जा रहे हैं?"

"देखो राजन्! जिसके पास लक्ष्मी नहीं होती, वह कोई भी काम करने में असमर्थ होता है, चाहते हुए भी वह दूसरों के लिए कुछ नहीं कर सकता, बड़ा निर्बल हो जाता है, इसलिए लक्ष्मी जी को वापस बुलवाओ, उनके बगैर मैं किसी काम का नहीं, लक्ष्मी जी अगर वापस नहीं आयीं, तो मैं भी चला जाऊंगा।"

"हम सत्य को नहीं छोड़ सकते।" राजा के इतना कहते ही बल भी विक्रम को छोड़ कर चला गया।

बल के जाते ही विक्रम के पास बुद्धि आयी। बुद्धि ने विक्रम को

बहुत समझाया कि निर्धन चाहे कितना ही बुद्धिमान क्यों न हो उसकी कोई सुनता नहीं, तुम अपनी बुद्धि का इस्तेमाल करके लक्ष्मी जी को क्यों नहीं रोक रहे, बुद्धि मान व्यक्ति कभी लक्ष्मी को नहीं जाने देता, लक्ष्मी और बल के बगैर मेरी कोई सुनवाई नहीं होगी, अगर लक्ष्मी और बल वापस न आये, तो मेरा रहना बेकार है, मैं भी चली जाऊंगी।

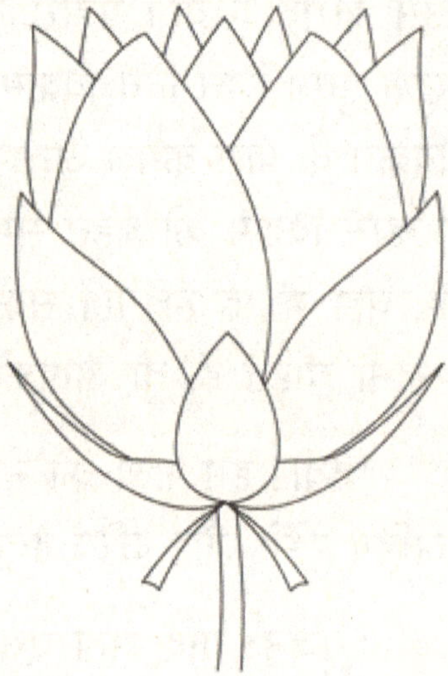

विक्रम ने बुद्धि से भी कहा कि वह वचन से बंधा हुआ है और बुद्धि भी उसे छोड़कर चली गयी। बुद्धि के बाद विक्रम के पास धर्म आये। धर्म ने प्यार से विक्रम को समझाने की कोशिश की कि धर्म का बुद्धि के बगैर गुजारा नहीं है, बुद्धिमान ही तो धर्म की बात सोच सकता है। पर विक्रम अपने सत्य पर अटल रहा और धर्म भी विक्रम को छोड़कर चले गये।

धर्म के जाने के बाद विक्रम के पास कमल रूप का धारण करके सत्य आये, उन्होंने विक्रम से कहा, "राजन् जब आपने लक्ष्मी जी, बल, बुद्धि और धर्म सभी को अपने यहां से निकाल दिया तो इन सबके बगैर सत्य का कोई महत्व ही नहीं है, इसलिए मैं भी जा रहा हूं।" विक्रम ने हाथ जोड़कर श्रद्धापूर्वक कहा, "अपने वचन को सत्य रखने के लिए ही तो मैंने इतनी मुसीबतों को लिया है कि लक्ष्मी, बल, बुद्धि और धर्म मुझे छोड़ गये हैं। मैंने आपके पीछे ही तो इन

सबको छोड़ा है। अब आप मुझे छोड़कर नहीं जा सकते। एक सत्य का साथ देने के लिए ही तो मैं बर्बाद हो गया।"

सत्य को विक्रम की बात समझ में आ गयी कि यह कहता तो ठीक है, राजा अपने वचन को सच करने में ही तो सब खो बैठा है, अब मैं इसका साथ कैसे छोड़ दूं?

सत्य विक्रम के पास रुक गया।

धर्म तो वहीं रह सकते हैं, जहां सत्य रहता है, क्योंकि धर्म की बात तो वही सोच सकते हैं, जो सत्य के साथ हों। धर्म सत्य के बगैर नहीं रह पाये और वापस राजा के पास आ गये। धर्म की बात तो वही कर सकता है, जिसके पास बुद्धि हो, मूर्ख लोग तो धर्म की बात सोच ही नहीं सकते, इसलिए बुद्धि भी धर्म के बगैर नहीं रह पायी और विक्रम के पास लौट आयी। धर्म, सत्य और बुद्धि को एक साथ देख बल को लगा सत्यवादी, बुद्धिमान और धार्मिक आदमी के पास ही तो बल होना चाहिए। मूर्ख आदमी तो बल का दुरुपयोग करते हैं, इसलिए बल को इन तीनों का ही साथ देना चाहिए, यह सोच बल भी राजा के पास लौट आया।

बल के पास लौटते ही लक्ष्मी जी परेशान हो गयीं, उन्हें लगा कि बल के बगैर उनकी रक्षा कौन करेगा, बलवान ही तो लक्ष्मी को संभाल कर रख सकता है, इसलिए लक्ष्मी को भी बल के पास लौटना पड़ा। लक्ष्मी के वापस आते ही राज्य में एक बार फिर खुशहाली लौट आयी।

शास्त्रों में कमल को सत्य का ही रूप माना गया है। इसीलिए

तो हिन्दू-देवता कमल पुष्प को हाथ में धारण करते हैं। इसका अर्थ यही होता है कि वे सत्य के समर्थक हैं, सत्य के पोषक हैं और जहां सत्य अर्थात् कमल होता है, वहीं सुख-समृद्धि होती है।

कमल सप्तमी

कमल भारतीय संस्कृति का अभिन्न अंग है। कमल का फूल बहुत दिन नहीं चलता है। कभी झील, तालाब विविध प्रकार के कमल दल से आच्छादित रहते थे। सत्यम्-शिवम्-सुन्दरम् का रूपक रचता है, कमल पुष्प। कमल हस्त, चरण कमल, कमल-सा खिला खुला दिल ये उसी परमात्मा के ही तो गुण धर्म हैं, आदि रूपक के रूप में कमल का प्रयोग किया जाता है। वेदों और पुराण में कमल का गायन है। पद्म पुराण तथा अन्य पुराणों में कमल की प्रशंसा की गयी है। चैत्र सुदी सप्तमी कमल सप्तमी कही जाती है। विष्णु के चार हाथों में से एक हाथ में कमल होता है। लक्ष्मी कमल पर विराजमान रहती है। भगवान स्वयं कमल रूप हैं। विष्णु की नाभि से निकले नाल पर स्थित कमल पर ब्रह्मा पद्मासन पर बैठे हैं। शंकर भगवान की कमल द्वारा पूजा होती है। पद्मपाणि बुद्ध के हाथ में कमल रहता है। कमल के

दान से आने वाले जन्म में वैभव की प्राप्ति होती है, ऐसा कहा जाता है। हरेक शुभ विवाह में कमल को स्थान दिया जाता है।

कमल के पर्यायवाची शब्द

गुलाबी कमल पद्मा, पंकज, नीरज, जलज, कमल, तामरस आदि नाम कमल के पर्यायवाची शब्द हैं। लक्ष्मी कमल पुष्प पर विराजमान हैं, उनके हाथ में भी कमल शोभा बढ़ाता है, इसलिए लक्ष्मी को कमला कहते हैं और विष्णु को कमलापति। कमल सी आंखें होने के कारण विष्णु को कमलाक्ष भी कहा जाता है। कमलयुक्त जलाशय को कमलिनी कहा जाता है और नेत्रों के कोये को भी कमल कहा जाता है।

सूर्योदय के साथ कमल खिलता है और सूर्य के अस्त होने पर पंखुडियां बंद हो जाती हैं। ज्ञान का प्रकाश होने पर ऐसे ही हमारा मन खिलता विस्तारित होता है, हीन भावना खुल जाती हैं। मन की पवित्रता का प्रतीक है कमल। ज्ञानी पुरुष के तमाम कर्म उसी ईश्वर को समर्पित होते हैं। योग विद्या के अनुसार हमारे शरीर में ऊर्जा के केन्द्र हैं, सभी का सम्बन्ध कमल से है। कमल जिसमें निश्चित संख्या में पितल्स हैं। सहस्र चक्र में 1000 पितल्स हैं, यह योग साधना की वह अवस्था है, जिसमें योगी को ज्ञान प्राप्त हो जाता है, ईश्वरत्व से संपन्न हो जाता है, वह पद्मासन की मुद्रा में बैठने का विधान है। हृदय को भी कमल कहा जाता है अर्थात् ओम हृदयान्ते परि क्लोम्नो... मैं तेरे हृदय कमल में ऐसा... विवरण शास्त्र साहित्य में आता है।

धरती माता और कमल

पद्मपुराण के अनुसार हमारी धरती माता की आकृति खिले हुए कमल पुष्प के समान है। उसकी कृणिका पर सुमेरू पर्वत है और उस पर ब्रह्मा जी हैं। बच्चो! आपने विज्ञान की पुस्तक में पढ़ा होगा कि धरती गोल या अंडाकार है, लेकिन हम यहां बता रहे हैं कि हमारी धरती कमल के पुष्प के समान आकृति वाली है। प्यारे बच्चो! आपने जो पढ़ा वह भी ठीक है, लेकिन हम जो बता रहे हैं वह भी ठीक है। हम यहां आपको बताएंगे कि पृथ्वी कमल के आकार की कैसे है!

1. हवाई जहाज जब ऊपर उड़ता है, तब वहां से हमारी धरती उन्नोत्तर न दीखकर नतोदर दिखाई पड़ती है। हवाई जहाज से शक्तिशाली सूक्ष्मदर्शकों द्वारा लिए गए चित्रों में भी पृथ्वी नतोदर दिखाई देती है।

2. जैसे समुद्र में जहाज का मस्तूल अर्थात ऊपरी भाग पहले दिखाई पड़ता है और शेष भाग क्रमशः दीखता है, वैसी बात सपाट मरुस्थल में नहीं होती, वहां दूर पर आता हुआ ऊंट पर बैठा व्यक्ति धुंधला पर ऊंट के साथ पूरा ही एक साथ दिखाई देता है, जहाज के क्रमशः दिखाई पड़ने का यह कारण होना चाहिए।

3. कर्क रेखा पर देशान्तर-रेखा का एक अंश लगभग 40 मील की

दूरी रखता है और मकर रेखा पर लगभग 75 मील। आगे यह दूरी देशान्तर रेखाओं की घटती नहीं, कुछ बढ़ती ही है।

4. भूमध्य रेखा से 40 अक्षांश उत्तर पर उषाःकाल 90 मिनट का होता है, जबकि 40 अक्षांश दक्षिण पर केवल 5 मिनट का ही।

5. एक चन्द्रग्रहण 30 अगस्त सन् 1905 को लगा था। यह कनाड़ा अर्थात उत्तरी अमेरिका, साइबेरिया अर्थात उत्तरी एशिया और मिस्र अर्थात उत्तरी अफ्रीका से साथ-साथ देखा गया।

6. दक्षिण अक्षांश 70 पर शेटलैंड द्वीप में वर्ष का बड़े से बड़ा दिन 19 घंटे 53 मिनट का होता है, किन्तु उत्तरी अक्षांश 70 पर नार्वे के हेमरफास्ट स्थान पर वर्ष का बड़े से बड़ा दिन पूरे तीन महीने का होता है।

7. उत्तरी ध्रुव के यात्री बताते हैं कि वायु दबाव के कारण वहां 50 किलो भार कठिनता से उठाया जा सकता है और बंदूक की गोली की आवाज 20 फीट तक किसी प्रकार सुनी जा सकती है, परंतु दक्षिण ध्रुव में गए यात्री कहते हैं कि वहां 200 किलो भार सरलता से उठाया जा सकता है और पिस्तौल की गोली की आवाज तोप की गर्जना की भांति गूंजती है।

8. कहा जाता है कि कैप्टन जे. रोस दक्षिण ध्रुव में पर्याप्त भीतर तक गए। उन्होंने लिखा है कि उन्होंने वहां एक बर्फ की दीवार देखी। उसकी चौड़ाई अज्ञात है। उसका ऊपरी भाग पूरा समतल था और एक भी गड्ढ़ा या दरार नहीं थी। उसके सहारे पृथ्वी के चारों ओर घूमने का उन्होंने प्रयत्न किया। वर्तमान नक्शों के अनुसार वहां पृथ्वी की परिधि दस हजार आठ सौ मील होनी

करोड़ों साल
पहले ऐसा था
हमारा भारत

कमल पुष्प

ऐसी है हमारी
धरती माता

चाहिए, परंतु चालीस हजार मील की यात्रा करके भी वे हिमभित्ति की परिक्रमा न कर सके और उन्हें लौटना पड़ा।

9. पृथ्वी भी दूसरे ग्रहों के समान एक ग्रह है। यह स्पष्ट है कि चंद्रमा का सदा एक ही भाग पृथ्वी से दिखाई पड़ता है। चित्रों से यही स्पष्ट होता है। यदि चंद्रमा अपनी धुरी पर चारों ओर घूमता है, और यदि धरती गोल है, तो उसका दूसरा भाग भी दिखाई पड़ना चाहिए।

बच्चो! ये तो बड़े-बड़े सवाल हैं, जो सबकी समझ में आ जाते हैं। इनके अतिरिक्त नहरों की गोलाई, हवाई जहाज की यात्रा पर पृथ्वी की गति और गोलाई का प्रभाव, ज्वारभाटा आदि से संबंध रखने वाले सूक्ष्म गणित के बहुत से प्रश्न हैं, जो हमारी पृथ्वी को पूर्णरूपेण गोलाकार सिद्ध नहीं करते। वैज्ञानिकों का कहना है कि भूमध्य रेखा पृथ्वी की वास्तविक मध्य रेखा नहीं है। देशांतर रेखाएं उत्तरी ध्रुव की ओर संकुचित तथा दक्षिण की ओर फैलती जाती हैं। पृथ्वी केंद्र की ओर सिकुड़ी और ऊपर की ओर फैली हुई है। इसका स्पष्ट अर्थ है कि हमारी धरती नतोदर है। वह तश्तरी के समान है।

बच्चो! हमारे ऋषि-महर्षि भी महान वैज्ञानिक ही थे। इसलिए उन्होंने शास्त्रों में ज्ञान-विज्ञान का ही उल्लेख किया है। पद्म-पुराण के अनुसार पृथ्वी की आकृति खिले पद्म के समान है। पद्माकार अंडाकार से ही इंगित होता है। शतपथ में परिमंडल रूप भी पृथ्वी की आकृति का द्योतक है। ऋग्वेद के अनुसार हमारी धरती पद्माकार ही है अर्थात पूरी तरह गोल नहीं है, लेकिन वेदों में यह भी स्पष्ट है कि यह सूर्य के आकर्षण से ही गतिशील है। इस संबंध में वेद का

एक मंत्र दिया जा रहा है –

चक्राणास परीणह पृथ्वीव्या हिरण्येन मणिना शुम्भमाना।
न हिन्वानाससित तिरुस्त इन्द्र परि स्पशो अद्धात् सूर्येण॥

ऋग्वेद 1.33.8

पद्म पुराण के अनुसार कमल के समान वाली इस धरती की कर्णिका पर सुमेरू पर्वत है और उस पर ब्रह्मा जी हैं। नियम यह है कि जैसा ब्रह्माण्ड, वैसा ही पिण्ड, जैसा सौर मण्डल, वैसे ही परमाणु बनावट में होते हैं। इस नियम के अनुसार पृथ्वी की आकृति के ही सातों द्वीप होने चाहिए। हमारे जम्बूद्वीप की आकृति भी कमल के समान हुई। नीचे केंद्र में संकुचित, ऊपर फैलता नतोदर आकार कमल का है। यही बात वैज्ञानिक भी कहते हैं। सातों द्वीप एक दूसरे के ऊपर पंखुड़ियों के परिमण्डल की भांति हैं। उनके मध्य में समुद्र है।

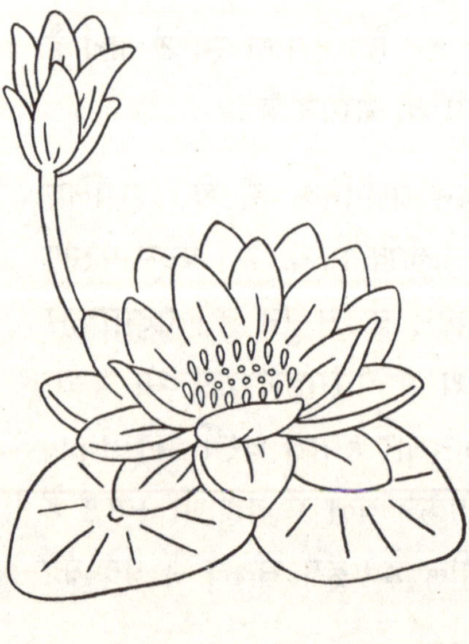

जम्बूद्वीप अपने द्विगुणित विस्तार वाले समुद्र से घिरा है। यह जम्बूद्वीप को घेरने वाला क्षार समुद्र अपने द्विगुणित विस्तार वाले द्वीप से घिरा है। इस प्रकार जम्बूद्वीप क्षार समुद्र, प्लक्षद्वीप इक्षुरससागर, शाल्मली द्वीप सुरासागर, कुशद्वीप घृतसागर, क्रौंचद्वीप क्षीर समुद्र, शाकद्वीप दधिसमुद्र, पुष्करद्वीप निर्मल जल सागर – ये क्रमशः एक से दूसरे दुगुने बड़े हैं और

एक-दूसरे को घेरे हुए हैं। अंतिम पुष्करद्वीप को छोड़कर शेष छः द्वीपों में सात-सात मुख्य भाग, सात-सात मुख्य पर्वत और सात-सात बड़ी नदियां हैं। बच्चो! आधुनिक खगोल विज्ञान भी हमारी धरती को सात द्वीपों वाली ही मानता है। जिसे हमारे ऋषियों ने जम्बूद्वीप कहा है उसे आजकल एशिया कहा जाता है। भूगोल का यह वर्णन ठीक कमल के समान है। बच्चो! करोड़ों साल पहले जब हमारे शास्त्र लिखे गए उन दिनों पृथ्वी के द्वीपों की आकृति कुछ भिन्न अवश्य थी, क्योंकि हमारे जम्बूद्वीप का ही तीन चौथाई भाग डूब चुका है और भारी क्षार समुद्र वहां फैल गया है, जिसे हम देखते हैं। बच्चो! अब तक समुद्री या हवाई जहाज से पृथ्वी के चारों ओर केवल पूर्व से पश्चिम या पश्चिम से पूर्व की ओर ही घूमा जा सका है। यह घूमना ऐसा ही है, जैसे कुएं में मेंढक चक्कर लगा लेता है। कमलाकार पृथ्वी के भीतर ऐसा ही चक्कर संभव है। बिल्कुल गोल पृथ्वी हो तो उसके उत्तर से दक्षिण चक्कर लगाना संभव होना चाहिए। यह काम तभी संभव हो, जब उत्तारी ध्रुव या दक्षिणी ध्रुव प्रदेश पार किया जा सके – विशेषतः दक्षिण ध्रुव देश। अभी तक कोई ध्रुव देश पार नहीं किया जा सका और न ही उसकी संभावना ही है। उत्तरी ध्रुव देश को पार करने पर कदाचित् इस भूकमल की कर्णिका मिल सके। दक्षिण ध्रुव प्रदेश पार करके हम उत्तरी गोलार्ध में पहुंच जाएंगे, यह नितांत भ्रमपूर्ण कल्पना है।

बच्चो! विष्णु की नाभि से निसृत कमल से ब्रह्मा और ब्रह्मा से सृष्टि की उत्पत्ति हुई बताई जाती है, यानि सृष्टि कर्ता से सीधा सम्बन्ध है। स्वयं ब्रह्मा का प्रतीक है कमल। स्वस्तिक चिह्न भी इसी

कमल से उद्भव हुआ माना जाता है।

भारत में पवित्र कमल का पुराणों में जो उल्लेख है, उसके वैज्ञानिक कारण हमने आपको बतला दिए हैं। इसलिए कहा जा सकता है कि प्राचीन शास्त्रों में भी वैज्ञानिक ज्ञान निहित है और उन्हें अनुसंधान करके लिखा गया है।

कमल के बारे में कई कहावतें और धार्मिक मान्यताएं भी हैं। हिन्दू, बौद्ध और जैन धर्मों में इसकी खासी धार्मिक और सांस्कृतिक महत्ता है। इसीलिए इसको भारत का राष्ट्रीय पुष्प होने का गौरव प्राप्त है। कमल एक जलीय पौधा है। यह जल में रहने के लिए इसी प्रकार अनुकूलित है, जिस प्रकार धरती पर समुद्र के बीच द्वीप रह रहे हैं। कमल अपने शरीर में हुए रचनात्मक एंव क्रियात्मक परिवर्तनों के द्वारा जलीय वातावरण में सरलतापूर्वक जीवन व्यतीत करता है तथा वंश-वृद्धि करता है। अनुकूलन द्वारा ही यह सजीव प्रतिकूल जलीय परिस्थितियों में भी अपने आपको जीवित रख पाता है तथा इससे इसकी जाति के अस्तित्व की रक्षा हो पाती है।

वास्तुकला और कमल

भारतीय कला और साहित्य में कमल को विशिष्ट स्थान प्राप्त है। भिन्न-भिन्न कला रूपों में, वास्तुकला में कमल मुखरित है। दिल्ली और पांडिचेरी में लोटस टैंपल भवन निर्माण के उदाहरण हैं। दिल्ली में स्थित बहाई उपासना मंदिर धार्मिक चित्रों व मंदिरों की दीवारों, गुंबदों और स्तंभों में कमल के सुंदर अलंकरण मिलते हैं।

अधिकांश हिन्दू देवी-देवताओं की मूर्तियों को उनके हाथ में कमल के साथ तराशा गया है, लक्ष्मी और ब्रह्मा ऐसे प्रमुख देवता हैं। खजुराहो की देवी जगदम्बी मंदिर में हाथ में कमल लिये हुए, 5 फीट 8 इंच ऊंची खड़ी हुई चतुर्भुजी देवी की मूर्ति है। यहीं स्थित एक सूर्य मंदिर में सूर्य को एक पुरुष के रूप में स्थापित किया गया है। मूर्ति 5 फीट ऊंची है और उसके दोनों हाथों में कमल के पुष्प हैं। उदयपुर में पद्मावती माता जल कमल मन्दिर नामक मंदिर को कमल के आकार में बनाया गया है। संगमरमर से निर्मित देवी पद्मावती के इस मन्दिर में देवी लक्ष्मी, सरस्वती एवं अम्बिका की भव्य प्रतिमाएं विराजमान हैं। राजस्थान के धौलपुर जिले में मचकुण्ड तीर्थ स्थल के नजदीक ही कमल के फूल का बाग है। चट्टान काटकर बनाये गये कमल के फूल के आकार में बने इस बाग का ऐतिहासिक दृष्टि से बहुत महत्व है।

प्रथम मुगल बादशाह बाबर की आत्मकथा बाबरनामा में जिस कमल के फूल का वर्णन है, वह धौलपुर का यही कमल के फूल का बाग है।

अजंता की गुफाओं के कई चित्रों में कमल भी देखने को मिलता है। देव-गंधर्व हाथ में कमल लेकर सुशोभित हैं। कमल की आकृति वाले भी कई चित्र बहुत ही सुंदर हैं। ये कलाकृतियां देखने के लिए विश्व के कोने-कोने से लोग आते हैं।

बिहार के औरंगाबाद जिले में स्थित देव सूर्य मंदिर में गर्भ गृह के ऊपर का शिखर कमल के आकार में है, जिसके ऊपर सोने का कलश है। यह मंदिर बहुत ही सुंदर है और वास्तुकला का एक अद्भुत नमूना है।

अशोक की लाट में भी अधोमुखी कमल का प्रयोग किया गया है। भारत की राजधानी दिल्ली में बने बहाई उपासना मंदिर का स्थापत्य पूरी तरह से खिलते हुए कमल के आकार पर आधारित है, जिसके कारण इसे लोटस टेंपल भी कहते हैं।

अजंता की एक अनुकृति के हाथ में कमल

कमल मंदिर भारत की राष्ट्रीय राजधानी में कई पर्यटकों के आकर्षण का केंद्र है और यह दिल्ली के प्रसिद्ध आस्था स्थलों की सूची के शीर्ष पर है। कमल मंदिर के लिए यात्रा करना बड़ा ही शुभ माना जाता है, क्योंकि यहां कोई भेदभाव नहीं है और हर धर्म का आदमी यहां आ सकता है। सभी धर्मों के लिए खुले हैं इसके द्वार। संगमरमर, सीमेंट डोलोमाइट और रेत से बना शानदार कमल मंदिर अपनी वास्तुकला, ध्यान और शांति के लिए दृश्य सेट के समान है। कमल मंदिर भारत में दुनिया के सब स्वतंत्र धर्मों के सबसे कम उम्र का प्रतिनिधित्व करता है। इसके संस्थापक पिता बहाई, सबसे

लोटस टेंपल

अधिक परमेश्वर के संदेशवाहक की लाइन जो इब्राहीम, मूसा, बुद्ध, ज़रथ्रुष्ट, मसीह और मुहम्मद भी शामिल है, में सबसे बाद में आने वाले फरिश्ते के रूप में माने जाते हैं।

कमल मंदिर दक्षिण दिल्ली के कालकाजी में स्थित है और भारतीय उपमहाद्वीप के ऊष्मा मंदिर के नाम से जाना जाता है। ईरानी वास्तुकार फरीब्रोज सहाबा द्वारा निर्मित यह मंदिर बहुत ही अद्भुत है। इसे पूरा करने में छह साल लगे और 1986 में जनता के लिए खोला गया है। मंदिर की संरचना एक आधा खुला कमल शांति और स्थिरता की प्रतीक है।

कमल मंदिर का मुख्य ढांचा विशाल हरेभरे 26 एकड़ के भूभाग से आच्छादित है, जिसे आसपास के नौ तालाबों ने घेर रखा है। मंदिर की संगमरमर की पंखुड़ियां तीन के समूहों को नौ चेहरों के रूप में व्यवस्थित कर रही हैं और वहां नौ मुख्य दालान हैं, जिनमें 2,500 लोगों को एक साथ बैठाया जा सकता है। प्रवेश के लिए सुंदर दरवाजे हैं।

दिल्ली में कमल मंदिर किसी समारोह या अनुष्ठानों का पालन नहीं करता और यह जरूरी है कि हॉल के अंदर चुप्पी बनाए रखें। विश्वास है कि अपने मूल धर्म में परमात्मा है, इसको ध्यान में रखते हुए व्यापक रूप से साधक इसकी तकनीक, इसके दर्शन में वैज्ञानिक त्तव और इसकी प्रकृति की गतिशीलता में विश्वास रखता है। यह एक ऐसी अवधारणा बयान करता है कि कमल मंदिर सभी धर्मों और जातियों के लोगों के लिए एक लोकप्रिय आकर्षण का केंद्र है।

वनस्पति और आस्था

बच्चो! कमल की कुछ और विशेषताओं से हम आपको अवगत कराना चाहते हैं। कमल वनस्पति जगत का एक पौधा ही नहीं, यह हमारी आस्था का भी प्रतीक है, जिसमें बड़े और खूबसूरत फूल खिलते हैं। आप जानते ही हैं कि विश्व में कमलों की दो प्रमुख प्रजातियां हैं। इनके अलावा कई जलीय कुमुदिनियों को भी कमल कहा जाता है। आप

जानते ही हैं कि कमल का पौधा धीमे बहने वाले या रुके हुए पानी में उगता है। ये दलदली पौधा है, जिसकी जड़ें कम ऑक्सीजन वाली मिट्टी में ही उग सकती हैं। इसमें और जलीय कुमुदिनियों में विशेष अंतर यह कि इसकी पत्तियों पर पानी की एक बूंद भी नहीं रुकती, और इसकी बड़ी पत्तियां पानी की सतह से ऊपर उठी रहती हैं।

जम्बूद्वीप यानी कि एशियाई कमल का रंग हमेशा गुलाबी होता है। नीले, पीले, सफेद और लाल कमल असल में जल-पद्म होते हैं, जिन्हें कमलिनी कहा गया है। यह उष्ण कटिबंधी क्षेत्र पौधा है जिसकी पत्तायां और फूल तैरते हैं। इनके तने लंबे होते हैं जिनमें वायु छिद्र होते हैं। बड़े आकर्षक फूलों में संतुलित रूप में अनेक पंखुड़ियां होती हैं। जड़ के कार्य रिजोम्स द्वारा किए जाते हैं, जो पानी के नीचे कीचड़ में समानांतर फैली होती हैं। कमल के फूल अपनी सुंदरता के लिए जाने जाते हैं। कमल से

भरे हुए ताल को देखना काफी मनोहारी होता है, क्योंकि ये तालाब की ऊपरी सतह पर खिलते हैं। यह अपने शरीर में हुए रचनात्मक एंव क्रियात्मक परिवर्तनों के द्वारा जलीय वातावरण में सरलतापूर्वक जीवन व्यतीत करता है तथा वंश-वृद्धि करता है। अनुकूलन द्वारा ही यह सजीव प्रतिकूल जलीय परिस्थितियों में भी अपने आपको जीवित रख पाता है तथा इसके जाति के अस्त्तिव की रक्षा हो पाती है।

चरागाह और कमल

किसी कमल सरोवर के पास यदि चरागाह होता है तो वह बड़ा ही पावन क्षेत्र माना जाता है। भारत में पशु पालन सदियों से होता आया है। खासकर यहां गायों को पाला जाता है और उन्हें सम्मान में माता कहकर पुकारा जाता है। कमल सरोवरों के पास आज भी अनेक चरागाह मिल जाते हैं। ऐसे चरागाह में अच्छी प्रकार की घास उगती है, जो दुधारू पशुओं के लिए बड़ी ही पौष्टिक मानी जाती है।

भगवान श्रीकृष्ण को कमल अति प्रिय था। वे कमल सरोवर के पास बंशी बजाया करते थे। कहते हैं कि कमल सरोवर के पास चरने वाली गाय भी अधिक दूध दिया करती थी। कमल सरोवरों के पास गाय चराने की परम्परा भारत में सदियों से रही है और गायन विधा भी ऐसे ही सरोवरों के तट पर फलीभूत हुई है। इसलिए कमल सरोवर को बड़ा ही पावन जलाशय माना जाता है। कमल सरोवर की संख्या हालांकि आजकल घट गई है, लेकिन भारत के कई भागों में ऐसे पावन सरोवर आज भी देखे जा सकते हैं और वहां पर साधना की जा सकती है।

स्वतंत्रता प्राप्ति में कमल का योगदान

भारत के स्वतंत्रता आंदोलन में भी कमल का बड़ा ही योगदान रहा है। 1857 में सारे देश में अंग्रेजों के खिलाफ एक उबाल सा आ गया था। ऐसे समय में एक साधु ने अंग्रेजों से नाराज चल रहे सभी लोगों को एकत्र करके देश-भर में क्रांति का बिगुल फूंका था। वह साधु कौन था, इस बारे में कुछ कहा नहीं जा सकता, लेकिन कुछ लोग मानते हैं कि वे वही साधु थे, जो बाद में आर्य समाज के संस्थापक महर्षि दयानंद के नाम से प्रसिद्ध हुए।

इस साधु ने मेरठ में डेरा डाला था और एक प्याऊ पर पानी पिलाता था। वहां पर सेना के जवान आते-जाते पानी पी लिया करते थे, तो यह साधु उन्हें भड़काया करता था कि अंग्रेज पराये हैं, इसलिए उन्हें मार भगाओ। कोई कितना ही करे, किंतु जो स्वदेशी राज्य होता है वही सर्वोपरि उत्तम होता है। सैनिक उससे प्रभावित हुए बिना नहीं रहते थे।

"लेकिन हम अकेले क्या कर सकते हैं।" उस साधु से किसी ने शंका व्यक्त की थी।

"तुम अकेले नहीं हो। चारों ओर क्रान्ति की तैयारी हो रही है। एक ही दिन सारे देश में क्रान्ति की लपटें धधक उठेंगी। तब अंग्रेज लोग बस भागते दिखाई देंगे।" साधु ने कहा था। थोड़ी देर बाद उसने झोले से एक शीशी निकाली थी, फिर सबको उसका थोड़ा-थोड़ा पानी देकर बोला, "यह गंगाजल है। प्रतिज्ञा करो कि मैं जो भी जानकारी दूंगा, उसे किसी को नहीं बताओगे।"

सब सैनिकों ने गंगाजल लेकर प्रतिज्ञा की, तो साधु शान्त होकर बोला था, "सारे देश में अंग्रेजों की हुकूमत के विरुद्ध बगावत की योजना कानपुर के पास बिठूर में बनी है। पेशवा बाजीराव के गोद लिए पुत्र नाना साहब ने यह योजना बनाई है। उन्होंने देश-भर में घूम-घूमकर लोगों को क्रान्ति के लिए तैयार किया है। उनका कहना है कि भारत के सब हिन्दू-मुसलमान दिल्ली के बादशाह बहादुरशाह जफर के झंडे के नीचे मिलकर अंग्रेजों को देश से बाहर निकाल दें। उसके बाद अपने देश का शासन अपने ही लोग चलाएं। यही ख़बर देने मैं आया हूं। यह समझ लो कि बैरकपुर से पेशावर तक और लखनऊ से सतारा तक हजारों साधु और संत घूम-घूमकर हर एक पलटन में क्रान्ति फैलाने का प्रयास कर रहे हैं।"

"तो हम सब भी बगावत के लिए तैयार हैं? कहें, तो कल ही छावनी से निकल पड़ें?" वीर मंगल पांडे ने कहा था।

"नहीं-नहीं, इतनी जल्दी नहीं", साधु ने कहा, "सब जगह पूरी तैयारी हो जाने दो, वरना अंग्रेज़ सावधान हो जाएंगे। पहले अपने यहां और आस-पास की पलटनों के सब लोगों को तैयार करो। इसके लिए नेताओं ने दो मुख्य चिह्न बनाए हैं। एक है कमल का फूल और दूसरा है रोटी। किसी एक पलटन का सिपाही फूल लेकर दूसरी पलटन में जाता है। उस पूरी पलटन के सिपाहियों के हाथों से वह फूल निकलता है। जिसके हाथों में फूल सबसे आखीर में पहुंचता है, उसका काम है कि वह उसे दूसरी पलटन तक पहुंचा दे। कमल का फूल सारे सिपाहियों के हाथों से होकर निकलने का मतलब है कि वे सब बगावत के लिए तैयार हैं।"

साधु ने आगे बताया, "जनता में भी क्रान्ति की सूचना फैलाई जा रही है। जनता की मदद के बिना भला क्रान्ति कैसे सफल होगी? इसके लिए रोटी का चिह्न चुना गया है। एक गांव का चौकीदार अपने गांव में बनी रोटियां दूसरे गांव के चौकीदार तक पहुंचाता है। दूसरे गांव का चौकीदार उनमें से ख़ुद खाता है और बाकी रोटियां दूसरे लोगों को खिला देता है, फिर वह वैसी ही रोटियां बनाकर दूसरे गांव के चौकीदार को देता है। इस तरह मान लिया जाता है कि गांव की जनता क्रान्ति के लिए तैयार है।"

"तो हम लोग भी कमल का फूल अपनी पलटनों में घुमाएं?"

"हां, लेकिन बड़ी सावधानी से। क्रान्ति की तैयारी भी गुपचुप रूप में शुरू कर दो। हमारे नेता जल्दी ही क्रान्ति की तारीख तय करने वाले हैं। उसकी खबर ठीक समय पर मिल जाएगी।"

इस तरह रची गई थी पहले स्वतंत्रता आंदोलन की रणनीति और संग्राम में कमल के फूल की मुख्य भूमिका थी। क्रान्ति भले ही सफल न हुई हो, लेकिन अंग्रेजों के पांव तो भारत से उखड़ ही गए थे। क्रान्ति के बाद ईस्ट इंडिया कंपनी का शासन देश से समाप्त हो गया था, लेकिन उसके स्थान पर यहां का शासन सीधे तौर पर महारानी विक्टोरिया ने अपने हाथों में ले लिया था। बाद में भी आजादी की जंग जारी रही और इस क्रान्ति के ठीक 90 साल बाद भारत को स्वतंत्रता मिली, लेकिन आगे भी कमल के फूल का महान योगदान रहा है।

नेताजी सुभाष चंद्र बोस ने हिटलर से मिलते हुए उन्हें कमल का पुष्प ही भेंट दिया था और भारत की आजादी के लिए सहयोग मांगा था। बाद में रास बिहारी बोस ने जब नेताजी को आजाद हिन्द फौज का सर्वोच्च कमांडर बनाया तो शपथ दिलाने के बाद उन्होंने शुभकामना देते हुए नेताजी को कमल पुष्प ही भेंट किया था।

आस्था, विश्वास और कमल

कमल में लोगों की बड़ी आस्था है। पुराणों में कमल को सुख-समृद्धि का साधन माना गया है। धन प्राप्ति के लिए कुछ विशेष उपाय भी ज्योतिष लोग करते हैं। धन प्राप्ति के लिए किए जाने वाले तंत्र प्रयोगों में कई वस्तुओं का उपयोग किया जाता है, कमल गट्टा भी उन्हीं में से एक है। कमल गट्टा कमल के पौधे में से निकलते हैं व काले रंग के होते हैं। यह बाजार में आसानी से मिल जाते हैं। मंत्र जप के लिए इसकी माला भी बनती है। इसके अलावा भी इसके कई प्रयोग हैं। इसके कुछ प्रयोग आगे लिखे हैं, जिनसे माता लक्ष्मी को प्रसन्न किया जा सकता है।

- जो व्यक्ति प्रत्येक बुधवार को 108 कमलगट्टे के बीज लेकर घी के साथ एक-एक करके अग्नि में 108 आहुतियां देता है, उसके घर से दरिद्रता हमेशा के लिए चली जाती है।
- जो व्यक्ति पूजा-पाठ के दौरान की कमलगट्टे की माला अपने गले में धारण करता है, उस पर लक्ष्मी की कृपा सदा बनी रहती है।
- यदि साधक प्रतिदिन 108 कमल के बीजों से आहुति दें और

ऐसा 21 दिन तक करें तो आने वाली कई पीढ़ियां सम्पन्न बनी रहती हैं।

- यदि दुकान में कमल गट्टे की माला बिछाकर उसके ऊपर भगवती लक्ष्मी का चित्र स्थापित किया जाए, तो व्यापार में कमी आ ही नहीं सकती। उसका व्यापार निरंतर उन्नति की ओर अग्रसर होता रहता है।
- कमल गट्टे की माला भगवती लक्ष्मी के चित्र पर पहना कर किसी नदी या तालाब में विसर्जित करें, तो उसके घर में निरंतर लक्ष्मी का आगमन बना रहता है।

बच्चो! यह जो उपाय दिए गए हैं, वे केवल ज्योतिषयों के बताए हुए हैं। हम तो आपसे इतना ही चाहते हैं कि आप कमल के प्रति आस्था रखें, क्योंकि कमल हमारा राष्ट्रीय पुष्प है और इसलिए इसका सम्मान करना हरेक भारतवासी का कर्तव्य है।

•••

प्रश्नोत्तरी

1. कमल की जड़ें कितनी ऑक्सीजन वाली मिट्टी में ही उग सकती हैं?

    (क) कम　　(ख) अधिक

    (ग) मामूली　　(घ) कैसी भी

2. महर्षि वेदव्यास ने महाभारत की रचना कहां बैठकर की थी?

    (क) मानसरोवर　　(ख) कमलसरोवर

    (ग) अनासागर　　(घ) पुष्कर जी

3. लक्ष्मी जी किस पर सवार होकर समुद्र पार गई थीं?

    (क) राजहंस　　(ख) पक्षीराज मयूर

    (ग) उल्लू　　(घ) पुष्पराज कमल

4. ज्ञान की देवी सरस्वती कौन-सा आसन लगाया करती थीं।

    (क) मयूरासन　　(ख) स्वर्णासन

    (ग) कमलासन　　(घ) कोई नहीं

5. एक पुराण का नाम भी इसी के नाम पर रखा गया है, बताइए कौन-सा?

    (क) पद्मपुराम　　(ख) जलजपुराण

    (ग) पंकजपुराण　　(घ) तामरस पुराण

6. शिरड़ी के साईं बाबा के किस वस्त्र पर कमल के फूल बने रहते हैं?

(क) सर पर बांधे कपड़े पर (ख) कुर्ते पर
(ग) चादर पर (घ) अंगोछे पर

7. कमल की पंखुड़ियां मनुष्य के कितने गुणों की प्रतीक हैं?

(क) 5 गुणों की (ख) 7 गुणों की
(ग) 6 गुणों की (घ) 8 गुणों की

8. 'लोटस टेम्पल' भारत में कहां स्थित है?

(क) दिल्ली (ख) बम्बई
(ग) चेन्नई (घ) कोलकाता

9. नेताजी सुभाष चंद्र बोस ने किससे मिलने पर कमल का फूल भेंट किया था?

(क) चर्चिल (ख) हिटलर
(ग) नेपोलियन (घ) जवाहरलाल लेहरू

10. किसकी माला देवी लक्ष्मी के चित्र पर पहनाकर नदी या तालाब में विसर्जित करने पर लक्ष्मी का आगमन होता है?

(क) कमलगट्टे (ख) रुद्राक्ष
(ग) माणिक (घ) मुक्ता

1. क, 2. ख, 3. घ, 4. ग, 5. क, 6. ग, 7. घ, 8. क, 9. ख, 10. क